葉っぱ

銀 色 夏 生

幻冬舎文庫

葉っぱ

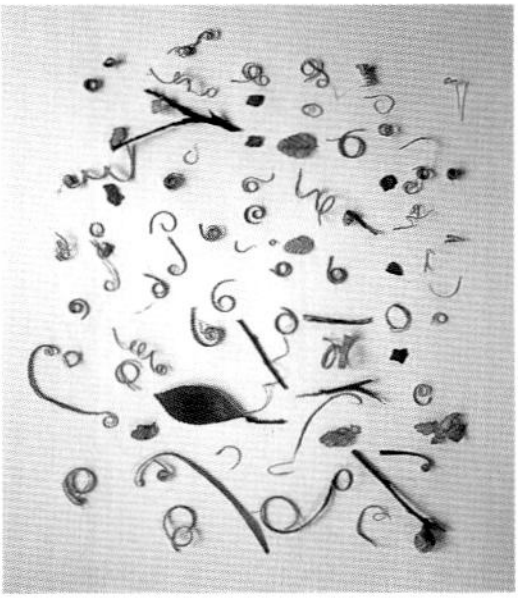

銀色夏生

「分岐点」

この道の先に別れゆく人がいる

私がまだ海の胸をもっていた頃
夢というあやふやな言葉をもつ
あの人と瞳に
すいよせられた

流木をわたす
両の手で確かめた
愛情は変わらない

願いをこめる

そしてまた
行く末を問いかける
声ではなく態度で

希望をもつということは
希望をもつということは
私にも許された　ただひとつの
愛の告白

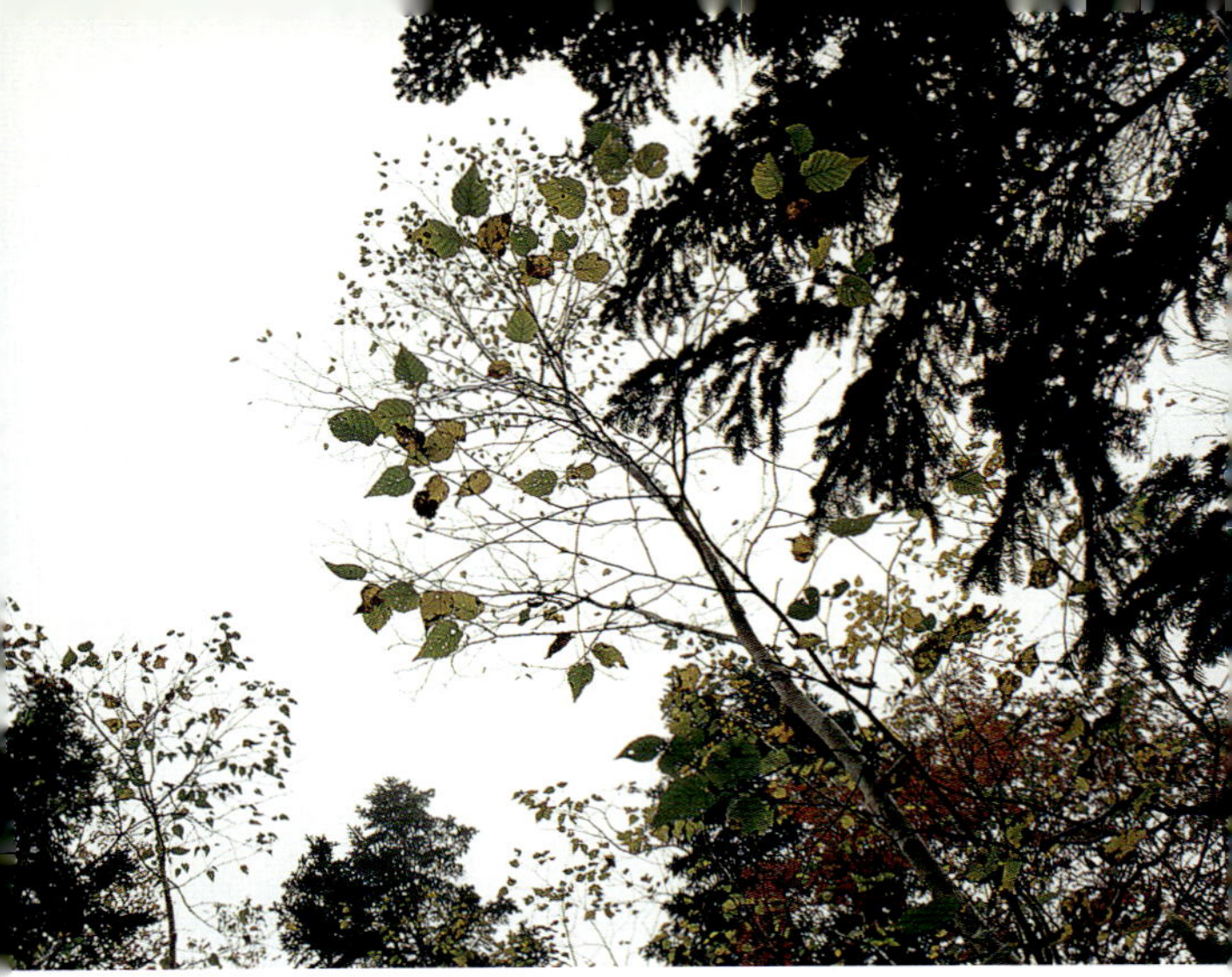

永遠の空に向かって
君の背を押す
君の体は
青い空にすいこまれ
やがて点になり
拡散する

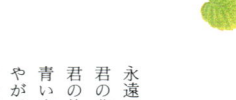

初めて
君と二人で歩いていると
何も考えられなくなる
ドロップだ
天から降ってくる
笑い声が

君がやさしく意地悪いので
僕は心臓の音が気になる

そっとよ
君が野ばらの枝をかき分けて
僕に道を作ってくれる

足元に気をつけてね
ばらのトゲに傷つけられて
死んでしまってもいいと

青ざめて
春がすむ
日光に
身を硬く

さめざめと
僕たちに
降りそそぐ
色たち

沈みゆく
ひとときの
僕たちの
思いは

あちこちと
うつろって
しばらくの
不惑

逃げ出せる
すべもなく
ふたたびの
涙

枯れはてて
ふりあおぐ
変わらない
空

静寂と
甘やかな
沈黙に
鳥の声

手をにぎり
草の中
覚悟を決める

あの日の僕が正しかったと今でも思えるわけではない。
けれど間違っていたのだと、そう思う強い気持ちもなく、日々淡々とすごしている。
仕事をして、部屋に帰って、食事をして眠る。時々は友達と飲みに行ったり、女の子と
待ち合わせて、夕食を食べて、いろいろな話を聞いて、駅で手を振る。
ベランダの鉢植えはカラカラになって、枯れた葉が飛ばされてすみっこにつもった。
Tシャツは色が落ちて文字がかすれのびたけど、やわらかく体になじんでいる。
環境に適応する能力は人のもつ才能だ。
僕はもう心が痛みはしない。心はもう痛まないが、君を思い出す。
そして君を思うたびに痛まない心から涙がこぼれる。
なぜなのかわからない。涙がこぼれる。

逆らって守りとおす力が
なかった
強風にひきちぎられ
走り去っていく
金の斧　銀の斧　鳥や蝶々
そういったものたちの
面影を秘めて
天高く駆けていく

誘惑されたさようなら
いちばん長い夜でした
あなたの声は違う人で
心も体も別の人
私は信じない
あなたは魔法にかかってた
私は爪をいじってた
細く長くて透明な

あなたは悪くないけれど
あなたを誘惑したものよ
あなたの気持ちを
ひるがえさせたものよ
宇宙の果てへと消えなさい

すると私が消えました

おねがいって
すればするほど
かなわなくなる

「凍った川」

美しいまま凍ってしまった川を見て
立ちつくす二人
それは
二人に酷似した
つめたさやあざやかさ

二人は　その川の中を
もっとよく見ようと
ぎりぎりまで近づく

この葉の下にこの葉の一部
あの葉の下にあの葉の一部
たくさんの葉が重なりあって静まりかえる

二人の決心がさっきかたまったように
この川の中の葉もかたまっていて
おのずから輝く

二人は　お互いの胸の中に
美しく結晶した決意を
ふたたび確かめあうために
もっと近づく

あたたかい言葉をください

やさしくて　なにか

ほっとするような

翼がそっと頬をなでる
雲の白さ　こころ細さ
ぼくたちはそっと倒れ
あなたの腕に抱かれて
灰色の空がまき散らす
吐息を避ける

さまよった足跡も
すぐに消され
前も後ろも左右さえ
わからなくなる

物思いにふけっていると
まわりがうるさい
どうしてと聞かれたり
どう思うと尋ねられたり

それにしてもこの思いが
行きつくのは
いつもいつも同じ場所
知りえぬ答え

真実は何だったか
問いつめずにきた
疲れた時ぼんやりした時
ふとよみがえる
あの頃

「森」

スケッチブックをロッカーからだして　駅の構内を急いだ
特急におくれたらくやしい
あらい息で人気のない窓の席へすわり
飛ぶように走り去る景色を追う
8月が来るのを待っていた
8月にもう一度帰ってくるからとあの人が言った

繁華街がすぎていき郊外の緑もふえ　もう山と川までがすぐ目の前
セミの声がジリジリと白昼のドームの中　響き
この天に風穴をあけたくなるほど
8月のあの人は変わりはてた眩しさ
けれどもうそこにはあの頃のあのよさはない

水しぶきをあびるほど滝の近くへすすみ
谷の奥をのぞきこむ　深い緑の帯
あの人の抜け殻にさよならと繰り返す
消えていく人混みは　波かも知れない

あの人の魂をこの森でつかまえる
あの人の輝きをこの森へ解き放つ
あの人のあの時のあのすこし困ったような
最高に力のある純情を

「木のある風景」

僕が憧れていたおねえさんと朝いつも同じ時間にすれ違っていた
その人のためにだけ毎朝があって　僕の目も手も足もあやつられていた
恋に

僕の思う風景にはいつも木があって　どんな木でもいいのだけど
その木にかくれている向こうがある
その向こう側をのぞきたくて　自転車をこぐ
坂道を登りつめると　あとは坂を下るだけ
全身に風をあびて息をとめると
ほんの短い間だけど頭の中がまっ白になる

すこしだけ見えないもの
かくれているものが
まわりにはいつもあって
僕は知りたい

「丘の上」

カラカラと軽い音がして栗の実がころがった
丘の上の岩から　岩の下へと
秋の日の遠足の前日のように
昨夕はすこし眠れなかった
あなたにはマロンという色が似合うわ
君の声と　君の指が空をさえぎる

「アスファルトにはいっていく僕」

下を向いて歩いてると
いろいろなものを見てしまう
この時は乾燥した毎日のある日
アスファルトに1枚ずつ　だんだんと沈んでいく
もう影も形もない　匂いも色も
底なし沼へ沈むようだ
僕の足も　すこし消えた
こんなふうに1ミリずつ消えてしまえば
次にあらわれるところは
どこになるのだろう
僕のことをバカだと言う人がいたよ
それが悪いことなのか
いいことか教えて

下を向いて歩いてると
時々頭をぶつける
止まってるトラックにぶつかった時は
痛かった

はずかしいことかな
だれも見てない

こんなところで1ミリずつ消えてしまえば
だれが何て言うか
わからないけど

僕を見てだれかが楽しくなれば
僕もとても楽しくて
笑ってしまうよ

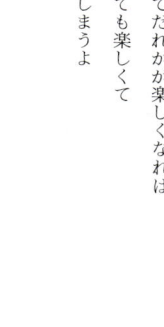

「砂と夕陽」

砂漠でねむってる
あなたのすねにそっと砂をかけて
私もころがる
にぎりしめた砂を　すこしずつ落とす
すこし風に舞って
すこしのこって

ねむっているあなたと退屈なわたし
目覚めればあなたと片思いのわたし
子供あつかい
大人のくせに

深く砂をほって
夕陽をいれる
あなたの足もシャツも夕陽の中
砂まみれのあなたの
靴をはいてねむる
波の音に頬が熱くなる

やがて夜がしのびよって
きみと手をつなぎ
ばらのようにばらの花が
胸の中で揺れるだろう

「遠いところから」

傷つかないで恋ができるものだろうか
いろいろな可能性を考えてみても
傷つかないということが
胸を痛めないということなら
胸が痛まないのなら　それは恋だろうか

物事が遠く　何もかも感じる時
スピードは遅く　音もひくく

ずっと待っていたと言える君の姿も
今の僕のところからは
見えないほど遠い
遠いところから君を
目をこらして見ると

悲しそうな瞳も
ただの思い違い

この恋をいつまでも高めたまま
いつまでも高潔なままに保つために

何があっても　何を見ても
それであの人をおとしめて見ないことにする

「夕日と葉や枝や道」

今　この夕日が葉をてらす
はるかかなたで太陽がもえて
そのもえている炎の明かり

もえている太陽は
静まりかえった冷たい宇宙の中
冬の山小屋の暖炉の近くの地球

あかあかとしたすずしい夕日をあびた
葉や枝や道

光の線はそれぞれと結ばれて
握手のように結ばれて離れて
パタパタと結ばれて離れて
あっという間に日は沈む

夕暮れ
結ばれていた手のひらの感触が
ひとつずつ闇にほどけていく

「人と球体」

自分を中心に四方八方に向かっている世界。
ここまではよくてここからはダメという境目の点がある。あらゆる事柄に関して。
それから無数の点を線でつなぐと形がうかびあがる。
意外なところがとびだしていたり、またへこんでいたり。
なめらかででこぼこした球体。
球体が小さい人ほど、動きまわれるスペースは広くのこされ、あちこち遊びに行け
大きい人は、きちきちで、身うごきもとれないほど。
でもそんな人は、球体の中に秘密の宇宙があるのかもしれない。

ある人の球体は石のようにかたく。
ある人のはゴムボートのようにやわらかい。
でてるとこ同士がぶつかって遠くへはなれる。
でてるとことへこんでるとこが組合わさってぐんと近づく。
たったひとつのでっぱりのせいで他の性質が生かされない。
たったひとつのへっこみのためにバランスがくずれる。
いろいろとあるそれぞれの球体。

僕が放った言葉の矢は、違うところへささった。
そんなこと思いもしなかった。
ねらいがそれたのではなく、的が違っていたんだ。
まさか彼女がそんなふうに勘ちがいするなんて思いもしなかった。
例えば僕が好きだと言ったのが
彼女の耳には嫌いだと聞こえたとしたら。

否定的にみればすべてが否定できる。
疑う気持ちは巧みに事実を曲解させる。
彼女の気持ちがそっちへ流れてしまったらおしまいだ。
信じるというところからすべてははじまるから。
信じることをやめてしまえば、
柱を失った家のように、こなごなになるのはたやすい。

叱られて帰り道
心が小さく元気なく
叱られて気が沈むのは
その人が大切だから

ほめられて
うれしかった
ほめた人が
あの人だったからよけい

「絵の中の人」

この絵のようね
あなたは
この絵みたいな人だわ

つきあたりのあの絵も好きだったけど
この絵を見たら　これがいちばん

窓から海がみえる高台の美術館の
入り口はつたのからまるアーチ

あなたをさがしていたの
ひとりの時はいつも

汽笛がひびく涼しい廊下
言えないことも
たくさんあるの

とりまく森の
静寂にからまれ
君の手を離し
水の中へ

水の中ふたたび

感傷なき方向転換

一縷《いちる》の望みを抱いて

「空中花壇」

あやしい花が咲く
土色の絨毯
ひとつひとつの水滴に
夜を映す
空を飛び
地におりて
何事もなかったような
朝がくる

「思いこむ瞳」

やがて時はすぎ
今のこの瞳を
なつかしく思う
思いこむ瞳

「グループ登山」

青い空と黄色い帽子
重い靴をぬいで
横になって目を閉じる
すこし目を開いて
まつげのすき間から
遠くの山を見る
それから近く
風に揺れる草花
みんなの声がだんだん遠ざかり
ふっと眠りにおちる

「出港」

花という花が
船の上から撒き散らされる
色とりどりの紙テープ
たくさんの人で
誰が誰だかわからない
あなたが
僕を見つけたか
どうかも

「デッサン」

木もれ日のちらちらする
校舎裏のベンチで
鉛筆のサラサラという
音がしていた
カバンがわきに立てかけられて
校庭は静まりかえる
あの人を見つめるようになってから

私はだんだん真面目な人に
なってるような気がする

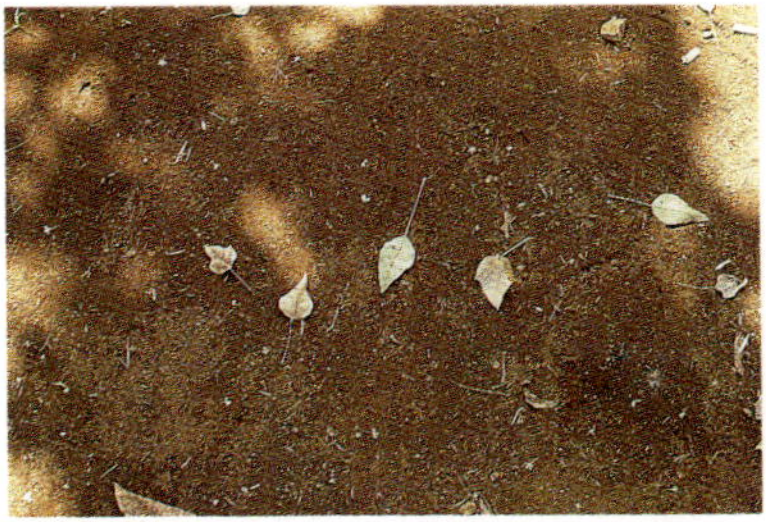

「楽譜」

中庭には
ピンクのスイートピー
聞こえるのは
テニスコートのボールを打つ音と
管弦楽教室から
繰り返されるメロディ
ひとけのない水のみ場で
私たちは
ため息をおしころす
つかの間の逢いびき

「記念樹」

前はもっと
反抗的で
文句ばかり言ってた
いつのまにか自分が
言われる方にまわってる
責任をもつたびに
物わかりがよくなる
ただ怒ってた
あの頃がなつかしい

「落葉」

忘れたい思いが
ふいに色づいて
きざみつけられた
胸の奥
痛いところに

「気になる人」

あなたはとても気になる人
何をしていても
ふと思い出す
遠い距離にへだてられて
もう長いこと会ってないけど
あなたは常に
気になる人

「午後の約束」

炭酸水を飲んで
甘いお菓子を食べて
最近読んだ本と洋服のはなし

愛はなぜ貴いの
それになぜ壊れやすいの

子供の私たちにさえ
それはなぜふりかかるの

「地図」

地図みたいな葉っぱだと
君がひろって見せてくれた
空いた穴が陸地だよ

そのすぐあとに
ケンカして
その日は一日
口をきかなかったね

「少女という手紙」

その手紙がきたら
封をきらずに
ひきだしのいちばん奥に
しまって下さい

そうすればいつのまにかに
消えてしまって
だれもかれも傷つかずにすむから

「野望」

きれいな野望は
第三者を活性化する

「やるせない思いを」

このやるせない思いをどうしよう

「一緒にいても楽しくないんだ」

オマエ　オレと一緒にいて楽しいか
それがあの人の別れの理由でした
一緒にいても楽しくないんだ
私はまだ好きでした

「次はきっと」

もし次に恋をしたら
今度はきっと
素直にその時その時の気持ちを
正直に軽くだすようにしよう
くやしい時はちょっとくやしいと
やける時はやけると
すぐ言おう
かわいく言おう

もうこれまでみたいに
平気なふりをして
にこにこするのよそう

「すこしぼんやり」

あなたの写真を見て
すこしぼんやりしていました
ハイビスカスの花が
これは沖縄ね　海もきれいだったけど
プリントするとどうして
見た時よりも全然よくなくなっちゃうんだろう
あなたの写真を見て
となりの私を見て
なつかしいです
あの頃はこうだったね

「しおり」

しおりのかわりに
手にふれた葉をはさんだ

もう何年も前のこと
読みかえそうと開いた本から
ハラリと落ちた

この本はあの人から借りたもので
返すのを忘れてたもの

「キッチン」

ふたりでお料理して
お皿も洗った
あなたは楽しそうで
とてもパワーにみちていて
ふきんを手にとったまま
私にキスしたよ

「夢」

夢という文字が
どこかにはいった場所に行こう
夢路海岸がいい
次は恋ね
二人で地図とにらめっこ
僕は死骨崎へ
行きたい

「未来」

未来は
想像力から生まれる
小さな点になった
大きな無限になった
自分の心を想像する
交互に何度も繰り返し

ひととき
むりをしていたと
今　思う

「光と影」

光と同じだけ
影がある
影もまた楽しそう
光もまた楽しそう

「遠ざかる足音」

ドアが閉まる音
遠ざかる足音
もう何十回も聞いた
遠ざかる足音を聞いている私を
あなたが知らないように
残された私を遠くから見つめる
あなたを知らない

空の深みの青よ

海の深みの青よ

「どこかの冬の午後」

こうしてあなたといると
私は
どこかの冬の午後に
いるみたい

「強い気持ち」

君に会おうという
強い気持ちが
よせては
ひいていき
夜の道を
行っては帰る
そしてまた行く

「思いつくまま」

人呼んで
悲しみ配達人
星をからげて
足しげくかよう
思いつくまま
投げ入れる

「問いつめられる」

絶体絶命に
問いつめられている
何も
思いつかない
窓の外を見て
ずいぶん葉がしげったな
と思ってる

「水の上」

ひたすらに
じっと待つ気分は
水の上の葉っぱの上に
すわっているようで
落ち着かず
何も手につかない

「波紋」

小石を投げてみても
波紋は水面をゆらし
葉っぱをゆらすだけで
とどかない

「待つ」

私はおしのびでやってきた
恋の奴隷
肩をすぼめて
すましてる
邪魔しないように
待っていろと言われれば
いつまででも
待っている

「守って」

守って守って
守りとおしたものが
これだったとは

「明るい明日」

私が向かっている
次への扉は
明るい明日と
その向こう
明日の先の
するどい所
朝日も夕日も
ひっかかる場所

「つめたい鏡」

今日という日は
今までをうつす
つめたい鏡
何もかもがうつってる
どれもとりこぼしなく
目の前に平等に

「グレープフルーツ」

枝から直接もいで
手わたしてくれた
その黄色くて丸い
ひんやりとした果実は
ほのかにすずしい香りがして
野生の堅さを教えてくれた

「友だち」

友だちがまわりにいる
植物や動物
水や雪も
そんな誰かがいるのだろうか
植物も親しくのびのびできる
相手がいるだろう
逆に苦手なものがあると
枯れてしまうかもしれない

「オーロラ」

いつか見ようと思って
やっと行った
夜空に白い帯
あれがオーロラ
思ったよりも小さかった
もっと大きくて色も強いのが
他の場所や別の日には見えたかも
でもそのうすいオーロラが
私のオーロラ

「イルカと泳ぐ」

彼が
イルカと泳ぐのが夢なんだ
と言ったから
私はびっくりした
私も　私もそう思っていたのと
言おうとしたけどやめた
彼が言うより先に
私が言ってたらよかった

それでこのごろは
わりと　思ったこと
言うようにしてる

「南極の満月」

南極にも満月があるの？
南極にも三日月があるの？
そうだとしたら
その景色はずいぶん
キンとしているのでしょうね
ひとっこひとりいない場所にも
日はのぼり　また沈み
月が横切るのかしら

「静かな点描」

野草が黄色い大地にはえ
青いトタンの家が点在する
ところどころに赤い花の群生
それに牛のなき声
どこまでも続く道
トラックの後ろにたつ
土ぼこりは天までとどく

「天国」

天国かと思った
あの花畑
なだらかな丘に
一面のポピー
その頂上にねころがり
両手を広げ
空を抱く
この手が空をささえているという
一瞬の錯覚を楽しむ

「ひそやかな集団」

タンポポのわた毛の
花吹雪を見た
山奥の露店風呂に
はいってた時のこと
みわたすかぎりの山と
目の前に広いくぼ地
たぶんそこから
風にまきあげられたのだろう
何千というほどの
タンポポのわた毛が
ふわりと視界をおおった

「午後」

コンクリートのひびわれから
植物がはえている
ひょろひょろと細長く
きれいな花まで咲かせて

そんなものをながめつつ
堤防で弁当を食べた

自分が今おかれている状況を
決して客観視せず
ただもくもくと働く毎日

時々はフイに
同じ年頃の人たちを見て
あの何というか
やるせないような熱い気持ちの
かたまりが
つきあげそうになるけど
気づかないふりをして
頭をまっ白にさせて
ただ働く

「生きる」

生きているということ
生きていくということ
生きるとは
どんなことだろう
ありがたくうれしい気持ちの時もあるし
イヤな気分になる時もある
他の人はどんなつもりで
生きているのだろう
こんなにたくさんの人がいるのに
心がわかるのは自分のだけ
みんなひとりずつ
自分の心を内にかかえて
外の世界を共有してる

「らせん階段の上に住む女の人に恋をした」

その女の人が　あまりにも印象的で、立ち止まってしまった

最初はまだ学生なのかなと思ったけど、仕事に行くような服で歩いてるのを見かけたから、たぶん働いてる人なのだろう。

印象的というのは、偶然目が合った時、その目が、なんだか、何でも許してくれそうな目に見えたから。包容力。そう、あの人は、包容力をもっている。僕にとっての。

勝手にそう考えて、毎朝、新聞をくばる時に、また会えないかと、階段を見あげる。

近道というのは、意外なところにあって、ちょっと狭いけどその路地をぬけると3分は短縮できる。発見した時はうれしかった。

アサガオじゃないけどアサガオによく似た花が、その階段の下にたくさん咲いていて、見るたびに花の数がふえていく。

僕の短い人生経験から察するに、女は押しに弱い。でも押せるところまで近づかなきゃ押すに押せない。そこまでひっぱってくれるかは相手次第だ。だから結局、女が選んでる。

今はまだ、何にしろ我慢の季節だ。

何かいいこと
あるだろう
成功と失敗は
交互にやってくる
小さくても大きくても

「暮色小景」

鳥の鳴き声がすぐ近くにきこえた。あたりをみまわすと、雲はいっそう灰色に重くたれこめてきて、今にも雪がふりそうだ。ザッと降ってきたら小気味いいのになと、思いつつも足早になっていく。

ずいぶん長いこと散歩もしてなかった。お隣の庭の草はのびほうだいで、花も雑草も区別がつかない。

縁側に腰かけて、野原で千切ってきた草花の下葉をとってそろえる。

お母さんから手紙がきた。もう帰ってきたらどうですか、そろそろ梅ソーダの味が恋しい頃でしょう。

梅ソーダは、家の梅の実を砂糖漬けにしたシロップを炭酸ソーダで割ったジュース。

確かに、お風呂あがりにはほしくなる。今やってるお仕事が、うまくいかなくなったら帰るわ。

雲がすこしあがったようで、白っぽい明かりがさしてきた。

もうしばらくこうしていて、頭を使ってから中にはいろう。いろんなことをしばらく考えてなかった。今は、なんだか深くて静かな考えができそう。

いろいろなことがあって、とび出すように家を出て、もうこれからはひとりで生きていくと、決死の覚悟をした。半年前。今はすっかり落ち着いて、髪も切って、きちんとした人に見られます。

すこしずつ、私という人間の整理がついてきています。思い出すと、恥しくなることもたくさんありますが、今では、あれでよかったんだと、すべてを受けとめることができるようになりました。

あなたにはあなたの、あなたにはわからないあなたのいいところがあるのですから、自信を失わず、胸をうんと張って生活してごらんなさいとはげまされました。わたしにそんないいところがあるのでしょうか。もしもあるとしたら、とてもうれしい。わたしのことはわたしにはわからないので、わたしのことがどんなふうに見えるのか、考えると不安です。

たちまちのうちに、木々は生きたまま枯れて、花は咲いたまま枯れて、風が止まり葉が止まりました。ハート形の、傷ついたハートの形に葉が揺れて、どちらへ進んでも迷いそうな森です。

バラの花びらの恋占い
小さな小さな花びらが終わり
もっと小さなつぶみたいな
花びらが何かわからないものになり
どこまでを花びらと呼んでいいか
考えあぐねて日が暮れる

五月のあじさい
つぼみがあわのようについた
六月のあじさい
だんだん大きくなって
七月のあじさい
いろいろな色に変わった
青、紫、ピンク
八月に枯れて
九月は見てない

月光の紐
真珠の目ざめ
彼女はすでに知っていた
彼が遠くへ行ってしまうと
月あかりの枕もとで
涙をうかべて
ねたふりをして

サンタクロースの街
そりに乗って
白い雪がおおいつくす
家々を見に行こう
自由が通訳して
心が通じあう
僕たちは信じる
胸の奥の感情を

実験室の無口な誓い。ハトロン紙の手紙を焼き捨てる。

告白と忘却。忍耐と内気さが、別れの甘さを甘受する。

あこがれは　あの遠い山
呼びかけても
返事はこだまが響くだけ
あこがれてけわしい道を
ひたすらに進めば
すこしずつ近づいて
面影が岩を消し去る
あこがれの　すみれのような面影を時が連れ去る

あこがれは瑠璃色の浜
うすむらさきに煙る
島影は遥かにかすみ
鳥影が砂をよぎる
茫漠とただよう海に
身をまかす小舟にも似て
あこがれの　すみれのような面影を時が連れ行く

「異国情緒」

異国情緒と坂の多い町。三日月がささる、山の中腹。

私の旅も、あと三日となり、記録のためのノートも残り少ない。

階段は地図に印をつけ、桜も書き込む。

海の見える道には赤をつけ、高いところの公園も赤で囲む。

夜は夜で、夜でこその景色をさがしに、あたり一帯をふらふらと歩きまわる。

夜になると、光源も違うので様子は一変する。目をみはるような場面に出会うことがある。

ひと言もしゃべらずに何日もすぎて、ただ物を見る機械のようになっている私。

息をして食事することが面倒くさく、水だけを飲んでひたすら歩く。

さようなら、さようなら、何にともなくつぶやいて、ひとつずつ体からぬけていく。さようなら、さようなら。人も物も今は消え、中心の意識だけが、すごい速さで動く。

パステルの粉をまぶしたような朝日。

ゆらゆらとでてきて、あたたかくする。

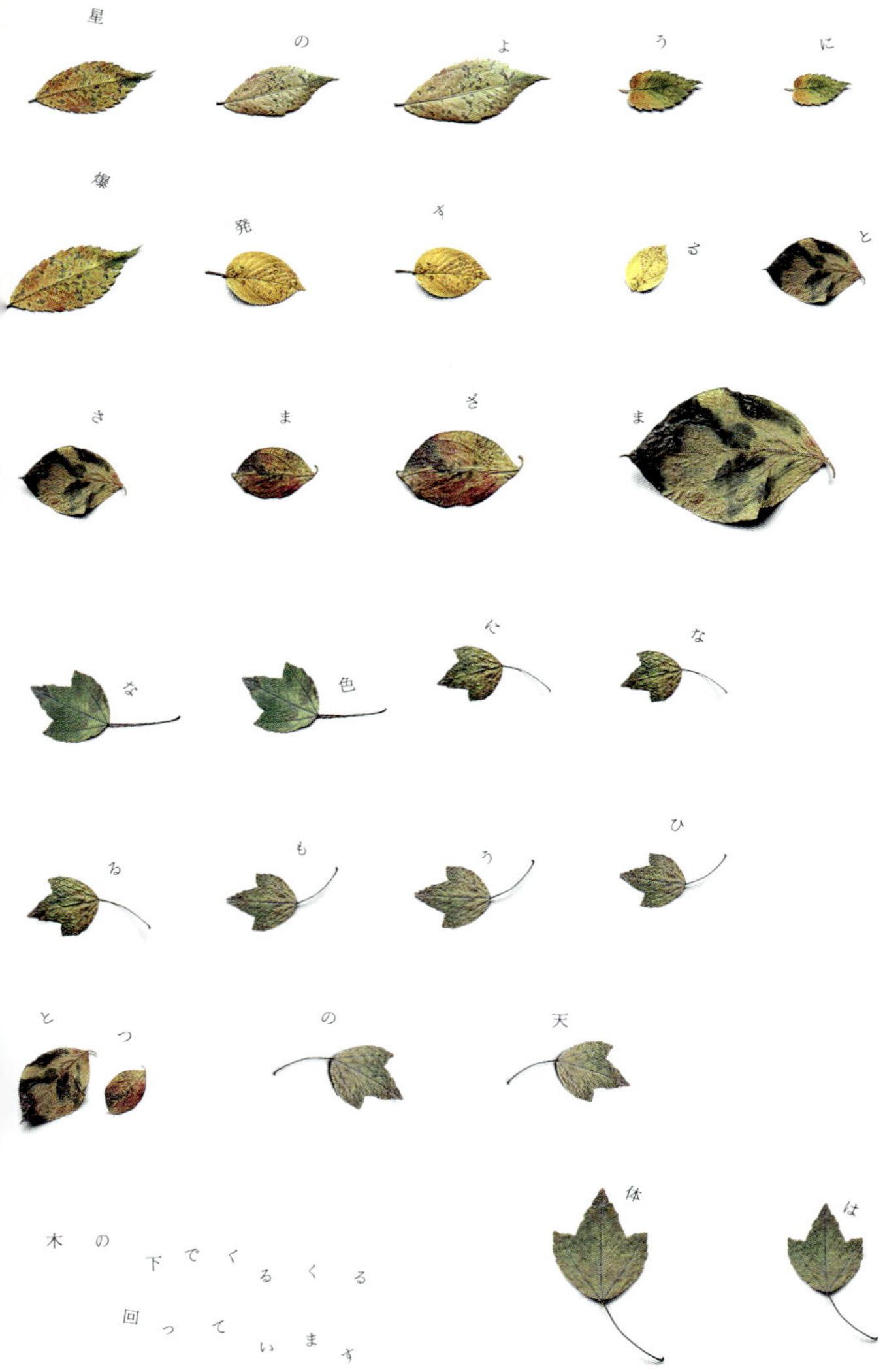
星のように
爆発すると
さまざま
な色にな
るもうひ
とつの天
体は
木の下でくるくる
回っています

「雨の中、雨やどり中」

雨の中、雨やどり中です。
実は、ある人の所へ行こうか迷っていたのです。
去年からの出来事で、
人の感情の激しさをまのあたりにみてしまい、
私の方はかえって落ち着いてしまいました。
それもこれも、そういう性質なのだから仕方ない。
それで、借りていたビデオを返そうと思いたって
ここまできたのですが、雨も降ってきたし、最初からどうしようか
と思っていたこともあって、今は雨だれをにらみつつ、迷っている
ところです。

「淋しげな灰色の石たち」

淋しげな灰色の石たち。僕の道にちりばめられて。
僕と共にこの世を渡る。
まだ底知れぬ魅力の鉱脈を持つ人。僕はひきつけられて、
より深く知ろうとしたけれど、考えて、やめた。
次のチャンスまで待とうと思う。
一度きりの遠ざかりで、失ったとは思わない。
続いてる、続いてる、どちらともがやめないかぎり、
まだ恋は続いている。

淋しげな灰色の石たち。それぞれが思いを秘める。
いつかまた出会える日まで、
君も僕も驚く日まで。

いつかしら美しく思いおこす日が来るだろう
この情熱と無知と思いやりがあなたをもっと清め
勇ましく進ませる力を持つと願う

私はただ黙っていただけ　あなたは勘ちがいをしてる

それほどの力も意志も私にはありません

あるといえば希望　それも　とても小さな

台風の日の忘れ物が
テーブルの上に
そのままになっている
お菓子もラーメンも
あのまま残ってる
君がこないと困る
僕を許してくれて
君がきてくれたら

ロマンチストになれないので
人の話にもついうわの空
真面目にあんなこと考えているのだろうか
こまごまとしたこと
人の心のことなど
そんなこと言いあって何になる
僕はだれのことも知らない
知ろうとも思わない
ただいるだけでいい
君さえよければ

僕はかなり口が重いよ
たぶんおしゃべりなんかしない
それに自分のペースはくずさない
そして出不精
こんな僕をいつまでも好きという人はいなかった
いつもただの興味本意で最初だけ
君以外は

こういう僕でよければ

確かに深く確信しているのだけど
迷っているように見える形でしか
それをあらわせない人がいるように

確かに深く君を愛しているのだけど
いいかげんに見える形でしか
それをあらわせないんだ

実は　あなたに
あの人の面影を
重ねているとは
誰も知らない

「森の中を裸足で駆けぬけた」

彼女が森の中を裸足で駆けぬけた
楽しそうに走っていく
自由にわがままに
森をでて　陽のあたる草むらへでて
僕を待っている

やっと追いついた僕に
黙って裸足の足をつきだす
うっすらと土っぽい足のうら
草の匂い　千切れた葉
そして指の間には小さな花がはさまっている

その足の指間の花を見た時の感動
目を閉じて頬に風をあてている彼女よ

「後ろ姿」

後ろ姿の記憶だけが鮮明です
ずっといつもあの人の後ろにいました
前から見ると　また違う印象です

私たちの関係は
リーダーと会員
班長とメンバー
私はいつもあの人の指示にしたがい
おとなしく言うことを聞く
見守られ　教えられ　育てられる私
協力し　助け合い　待ち続ける私

力なき私と言うと
しかられる私

光り　かすみがかったような夏の輝きの中
ひんやりとした岩肌に頬をつけて
帽子を深く　顔に影ができるように

小川の流れ　手と足をひたす
そのまま岸に腰かけて
聞こえてくる音を聞く
雨の音
鳥の声
セミの声
水音

考えが浮かばずに
今だけに身をまかす
ただようような感覚

よろこびも悲しみも
さまざまな出来事も
そのままそこに

桃花鳥は
不定期におとずれて
野のベルを鳴らす

木暗《こぐら》い小道
内気な足どり

私からあなたへ
心のこめたお祈り

洩れさす日射し
深々と

出会えたことに感謝します

同じように見える葉でも
一枚一枚違うように
ありふれた今日かもしれない
けれど
同じことも同じじゃない
毎日が違う日々

「葉っぱ」

最近も私はいろいろなことを考えてすごしています。
どんなことかと言うと、その時その時ですぐ忘れてしまうようなとりとめもないことですが、私には大切なこまごまとしたことです。

私は相変わらずの毎日ですが、まわりを見るとそこもまた相変わらずです。世の中には、さまざまなたくさんのことがあって、飽きません。どれかひとつに注目して、つきつめようとすると、時間がたりないほどで驚くばかりです。
だからそれぞれに先に研究している人の本などは、大よろこびで読みます。これを分業と呼ぶのでしょうか。研究熱心なたくさんの人たちの恩恵にあずかれることは、うれしいことです。

元気がない時、どうしても心が晴れない時は、仕方ないのでそのままにしておきます。そうするとまた何かのキッカケで元気にもどります。

夢をもつ、希望をもつということは、自然とでてくるにまかせるもので、無理に思うことではないのでしょう。

私は、強い気持ちが胸に張りつめて、何があっても大丈夫という気持ちで生きていることに気づいてから、ずいぶん長い時がたちました。その気持ちは変わらず、今ではもう、どちらかというと、強い気持ちのみなもとの方へより近く近づいているように思います。つまり、遠く、目を細めるようにして見ていたものが、今は背中の方にあるような感じです。といっても私は、遠く目を細めることが大好きなので、また新たな遠いものが遠くにあります。

生きていく、成長する、年をとる、前へ進む(とりあえず)ということは、こういうことかも知れません。

私にはわからないこと、まだ知らないこと、まだ知らないけどすごく好きで、いつか知ることになるだろうことが、この世にはたくさん存在しているのだと思います。それを考えると、確かに明日への期待のようなものが、あの空のところに感じられます。今、外を見上げたら、灰色の明るい空があったので。

さて、私は外を歩く時、あれこれ見ながら歩いています。遠くの町を旅したり、近所にアイスクリームを買いに行く時も、なんだかいろいろ見ています。そして、いつもいつもどんなところにも葉っぱは落ちているなと思っていました。

銀色夏生

NOTE：P 1 お花教室で　枝や葉の切りくず　P 2 海に浮かぶ枯れ葉　沖縄慶良間列島座間味島　舟から写しました　P 4 下から見上げた木々　大きい葉小さい葉　新穂高ロープウェイ終点千石平あたり　P 6、7 新穂高ロープウェイから見下ろした秋の木々　葉っぱのひとつひとつが点々のようです　P 8、9 所沢航空公園　秋のころ　P 10 港区南青山3丁目　散歩していた時目についた植物　P 12、13 札幌　北海道大学　氷にとざされた落ち葉　川全体がこちんと凍っていて中の葉っぱも立体的に凍っていました　P 14、15 北海道大学　雪の上のもみじ　P 16 近所でひろった葉っぱ　自宅のベランダ　P 18 家の前の桜の紅葉と近所の畑　P 20、21 大きな木　P 22 近くの公園　緑色と黄色の葉がきれいでした　P 23 ぬれたアスファルトにはりついた葉　P 24、25 かわいたアスファルトにはいりこんだ葉　港区南青山5丁目　P 26、27 かわいてこなごなになって舗道のすみにふきよせられていた　P 28 どこで撮ったのか忘れましたが、高いところからだと思います　P 30、31 青南小学校のフェンスと菜の花　P 32、33、38、39、44、45 根津美術館　いろいろな木や実があります　P 34 岩手県　海の近く　P 36 群馬県榛名湖畔　P 42 近くを歩いてひろった葉っぱ　P 47 水の中を進んでいるような葉っぱ　P 48、49 岐阜県　乗鞍岳　山道のくねくねカーブの途中　P50〜57 いろいろなところ　P58、59 岩手県浄土ヶ浜　車のボンネットの上に落ちていた　P 60〜71 いろいろなところ　目についた葉　P 72、73 右の方のにはぼんやりとしたひろがり、左には、縦のキズがついている　P 74〜81 いろいろなところ　P82、83 神戸　ポートピア南公園　P84〜91 家の近く　きれいな色の葉など　P 92、93 だんだん遠ざかる　P 94 オレンジ色の小さな葉で、葉脈が黄みどり色と黄色　P 97 黄色に緑色の丸が3つ　P 98、99 家の近所　P 100、101 妙義山　あじさい　P 102 ポプリで使ったバラの花　P 103 同じ時作ったドライフラワーのバラのつぼみのコサージュ　P 104、105 家の近くの生け垣　P 106、108、109 画用紙の上に置いた葉　P107 くしゃくしゃになったもの、なる前　P110 家の庭と葉っぱ　P 112 葉っぱの形　P 114 ポツンとしていた葉　P 116、117 だんだん遠ざかっていく　P 118 秋の葉　P 120 下の写真を撮ってから数日してまた行ったのが上の写真　だんだん枯れてきてます　P 121 きれいなもみじ　根津美術館　P 122、123 池の上のもみじ・P 124、125 池の上のいちょう　P 126、127 すずしげな落ち葉　P 128 黄色い木と青空　P 131 森　P 133 妙義山中之岳神社　P135 乗鞍岳　光る斜面　P136、137、138 紅葉　P140 1993年8月31日軽井沢この作品は一九九四年七月小社より刊行されたものです。

葉《は》っぱ

銀《ぎん》色《いろ》夏《なつ》生《を》

平成14年4月25日　初版発行

発行者――見城徹
発行所――株式会社幻冬舎
〒151-0051東京都渋谷区千駄ヶ谷4-9-7
電話　03(5411)6222(営業)
　　　03(5411)6211(編集)
振替00120-8-767643

印刷・製本―図書印刷株式会社
装丁者――高橋雅之

幻冬舎文庫

ISBN4-344-40218-9　C0195　き-3-4